महाभारत जारी है

कविता संग्रह

दिलबाग सिंह 'विर्क'

अंजुमन प्रकाशन

इलाहाबाद

ISBN 978-93-83969-54-8

प्रकाशक :
अंजुमन प्रकाशन
942, आर्य कन्या चौराहा
मुद्ठीगंज, इलाहाबाद – 211003
उत्तर प्रदेश, भारत

आवरण सज्जा : श्री कम्प्यूटर्स
कम्प्यूटर कम्पोजिंग : श्री कम्प्यूटर्स

© रचनाकार
संस्करण : प्रथम, पेपरबैक 2015

mahabharta jari hai
by Dilbag singh virk
Edition: First, 2015

Published By : ANJUMAN PRAKASHAN
website - anjumanpublication.com
E-mail : anjumanprakashan@gmail.com
Mob.: 9453004398

माँ शारदे

मुझे वर दे

जब भी लिखूँ

बात करूँ सच की

पक्ष लूँ न्याय का

झूठ, अन्याय के ख़िलाफ़

आग उगले

क़लम मेरी

न डरूँ

न झुकूँ

न पक्षपात करूँ

सत्य पथ पर

निरंतर चलूँ

तेरे आशीर्वाद से

समर्पित

सामर्थ्यवान लोगों की बेशर्म चुप्पी के नाम

सामाजिक विसंगतियों के बोध की कविताएँ

बाज़ार और उपभोक्तावादी संस्कृति के चलते मनुष्य जीवन की भयावह होती स्थिति में टूटन, बिखराव, अस्त-व्यस्तता और हड़बड़ाहट के साथ-साथ मनुष्य का भाव जगत सिकुड़ने लगा है। ऐसे में कविता मनुष्य में मनुष्यता बचाए रखने के लिए प्रतिबद्ध प्रतीत होती है। कविता बाहर की कृत्रिमताओं और अंदर के ख़ोखलेपन से जूझने की शक्ति प्रदान करती है। अच्छे और बुरे को पहचानने की समझ पैदा करती है। आज की भागदौड़ व गलाकाट प्रतिस्पर्धा भरी ज़िंदगी में मानवीय संबंधों का अवमूल्यन हो रहा है। ऐसे में कविता का महत्त्व और उसकी अहमियत और भी बढ़ गई है।

कविता साहित्य की अनुपम विधा है जो सायास नहीं लिखी जा सकती, बल्कि वह मन की आकुलता और विचलन से पैदा होती है। कविता कई रूपों में लिखी जा रही है, यथा ग़ज़ल, गीत, हाइकु, दोहे, मुक्तक आदि। महाकवि निराला जी ने छन्दमुक्त कविताओं की शुरुआत की। छन्दमुक्त कविता परम्पराओं, सरहदों और परिभाषाओं से परे सीधे-सीधे मन की काल्पनिक व यथार्थ अभिव्यक्ति है। इन कविताओं की आसान व ग्राह्य अभिव्यक्ति ने गहराई से इसे पाठकों तक पहुँचाया है। इसी परम्परा को आगे बढ़ाते हुए युवा कवि दिलबाग विर्क ने 'महाभारत जारी है' छंद मुक्त कविता-संग्रह का प्रणयन किया है। कवि ने इसे दो खण्डों में विभक्त किया है। प्रथम खंड में समकालीन सामाजिक विसंगतियों और विडम्बनाओं की 50 कविताएँ हैं। द्वितीय खंड में महाभारत के ऐतिहासिक व पौराणिक चरित्रों के तथ्यपरक विश्लेषण संबंधी आठ कविताएँ सम्मिलित हैं। कवि दिलबाग ने इस संग्रह को 'सामर्थ्यवान लोगों की बेशर्म चुप्पी के नाम' समर्पित कर अपनी बेबाक मंशा व्यक्त की है और यह कवि के जागरूक होने का भी प्रमाण है। दिन-प्रतिदिन घटित होने वाली घटनाएँ और असंगत स्थितियाँ कवि के मन को निरंतर कचोटती हैं, जिसके फलस्वरूप ही कवि ने विचारात्मक अभिव्यक्ति के रूप में इन कविताओं की रचना की है।

ज़िंदगी की परिभाषा गढ़ते हुए 'ज़िंदगी' कविता में कवि कहता है -
'ज़िंदगी / एक गीत है / जिसमें / सुरताल की बंदिशें हैं तो / मधुरता भी है / सरसता भी है / रोचकता भी।' (पृष्ठ – 21)

'पतंग के माध्यम से' कविता में इस तथ्य को उजागर किया गया है कि आगे निकलने की दौड़ में मनुष्य किस हद तक ईर्ष्या और द्वेष पाल लेते हैं -
'अपनी पतंग रहे न रहे / दूसरों की नहीं रहनी चाहिए / बड़ों की ये जीवन शैली

/ सीख लेते हैं बच्चे / पतंग के माध्यम से / बचपन में ही।' (पृष्ठ – 40)

'नव वर्ष' कविता में कवि की धारणा है कि प्रत्येक नव वर्ष एक जैसा होता है। वही भ्रष्टाचार, चोरी-डकैती, हत्या, साम्प्रदायिक विद्वेष जैसी घटनाओं से भरा हुआ। कहीं सुखद अहसास नहीं होता। हो भी कैसे ? हर कोई अपने ही स्वार्थ तक सीमित है। कवि इन हालातों को बदलने के लिए आतुर है और आह्वान करता है कि - 'तुम सुधरो / मैं सुधरूँ / हालात सुधरें / हो मुबारिक नव वर्ष। (पृष्ठ – 37)

'शब्द-बाण' कविता में कवि शब्दों की महत्ता को समझता है और उसकी तुलना बाण से करते हुए कहता है – 'ज़ुबान से निकले शब्द / बेध सकते हैं / अनेक हृदय / .... / तीर घायल करता है / बस एक बार / शब्द चुभते रहते हैं / उम्र भर' (पृष्ठ – 42)

एक भावपूर्ण कविता है 'बिटिया', जिसमें बेटी पिता को उसे भी भाई की तरह बेटा कहने को बाध्य करती है, परन्तु पिता जानते हैं बिटिया होने का अर्थ, उसकी खूबियों को, इसलिए मन-ही-मन कह उठते हैं – 'नासमझ / नन्हीं बिटिया को / उसकी जिद् के चलते / भले ही / कहता हूँ बेटा / मगर मेरा अंतर्मन / मानता है उसे / सिर्फ़ और सिर्फ़ / प्यारी-सी बिटिया।' (पृष्ठ – 44-45)

वर्तमान के विकट और अराजक समय में अंतहीन दौड़ व अति महत्त्वकांक्षी प्रवृति होने के कारण परस्पर राग-द्वेष व स्वार्थीपन बढ़ा है, जिससे संबंधों में दरार आई है, घर-परिवार टूट रहे हैं, लिविंग-टू-गैदर जैसे परिवार विहीन गठबंधन बढ़ रहे हैं। कवि के लिए यह परमाणु विस्फोट जैसी स्थिति है। कवि की यही चिंता कविता 'परमाणु विस्फोट' की इन पंक्तियों में झलकती है – 'परिवारों का यह विखंडन / निस्संदेह / विस्फोटक सिद्ध होगा / समाज के लिए / परमाणु विस्फोट की तरह।' (पृष्ठ – 49)

आज नियमों और सिद्धांतों पर चलने वाला ईमानदार, कर्मठ व्यक्ति तिरस्कार व उपेक्षा का पात्र बनता है। उसे यथोचित मान नहीं मिलता। ऐसे में कवि हताश और परेशान हो कह उठता है – 'सचमुच / बड़ी क़ीमत वसूलता है समाज / आदमी से / सामाजिक प्राणी होने की।' (पृष्ठ – 51)

एक बड़े मनोवैज्ञानिक तथ्य की ओर इंगित करते हुए कवि 'एक ठहाके की दूरी' कविता में कहता है - 'उदासी और खुशी में / अवसाद और सहजता में / दूरी होती है / सिर्फ़ एक ठहाके की।' (पृष्ठ – 55)

अर्थात मनुष्य की खुशी और उदासी उसकी मनोस्थिति की उपज है। केवल एक ठहाके से यानी एक खुशी की लहर जीवन का नजरिया बदल सकती है।

जीवन जीने की आपा-धापी और कम्प्यूटर, सोशल मीडिया के दौर में बचपन किस तरह पिस रहा है, इसकी बानगी के लिए कविता 'बचपन' की ये मासूम पंक्तियाँ यहाँ उद्धृत हैं – 'अब मौक़ा नहीं मिलता / बच्चों को / जिद् करने का / ....छूट गया है / रूठना मनाना' (पृष्ठ – 58)

कवि आशंकित हो फिर कह उठता है – 'पता नहीं कभी / लौट पाएगा / हँसते-खेलते / लड़ते-झगड़ते / माँ-बाप से जिद् करते / बच्चों का दौर / या फिर यूँ ही / पुस्तक, कम्प्यूटर, नौकर के साथ / चारदीवारी में / सिकुड़कर रह जाएगा / बचपन। (पृष्ठ – 59)

आज हमने चाहे कितनी भी प्रगति कर ली है, परन्तु लिंग भेद जैसी दकियानूसी सोच से हम बाहर नहीं निकल पाए हैं। 'समय के साथ' कविता की पंक्तियाँ दृष्टव्य हैं – 'समय के साथ / बहुत बदला है बाहरी रूप / लेकिन भीतर से / मौजूद है / वही सोच / सदियों से।' (पृष्ठ – 64)

'पेंडुलम की तरह' दार्शनिक बोध की कविता है, जिसमें मानव जीवन की तुलना पेंडुलम से की गई है – 'भविष्य और अतीत / दो सिरे हैं / और हम घड़ी के पेंडुलम की तरह / झूलते रहते हैं / एक सिरे से दूसरे सिरे तक / बीच में ठहरना / वर्तमान में जीना / हमें आया ही नहीं' (पृष्ठ – 65)

मनुष्य जीवन के कटु यथार्थ को 'सिलवटें' कविता में इस तरह अभिव्यक्त किया गया है – 'बचपन में / मन / होता है साफ़ सुथरा / और सिलवट विहीन / वार्डरोब में टँगे / धुले और इस्तिरी किए / कपड़ों की तरह /' वे आगे कहते हैं – 'कपड़े फिर धुल जाते हैं / फिर हो जाते हैं इस्तिरी / लेकिन मन / न धुलता है / न होता है इस्तिरी / मन की कलुषता / मन की सिलवटें / जाती ही नहीं उम्र भर' (पृष्ठ – 68-69)

शहरीकरण और औद्योगीकरण ने हमारे जीवन में किस कद्र पैर पसार लिए हैं, यही आशय 'मेरे गाँव का पीपल' में उद्धृत है – 'सिर्फ़ गाँव नहीं बदला / गाँव के साथ बदले हैं / गाँव के लोग भी / पहले-सा भाईचारा / पहले-सा प्रेमभाव / अब नहीं दिखता' वे दुखी होकर कहते हैं 'मेरे बचपन का गाँव / मेरे बचपन की तरह / निकल चुका है हाथ से / ..... / शहर-सा बने गाँव पर / आँसू बहाता है / उदास खड़ा पीपल का पेड़।' (पृष्ठ – 83)

खंड दो की आठ कविताओं में कवि ने महाभारत के पात्रों यथा भीष्म, एकलव्य, अर्जुन, द्रोपदी, गांधारी के तथ्यों का तटस्थ विश्लेषण कर उनसे सीख लेने को प्रेरित किया है। शर-शैय्या पर लेटे भीष्म महाभारत के युद्ध जैसी परिस्थिति के लिए स्वयं को जिम्मेवार मान रहे हैं और आत्मग्लानि से भरे हुए हैं।

'आत्ममंथन' नामक लम्बी कविता की पंक्तियाँ इसी मंतव्य को प्रकट कर रही हैं – 'बूँद-बूँद रिसता / भीष्म का खून / चीख-चीख कर कह रहा है / विरोध

योग्य हर बात का विरोध / ज़रूरी होता है / क्योंकि चुप्पी भी / एक कारण होती है / महाभारत का।' (पृष्ठ – 95)

एकलव्य का त्याग और गुरु भावना श्रेष्ठ है। इस सन्दर्भ में 'गुरुदक्षिणा' की पंक्तियाँ यहाँ दृष्टव्य हैं - 'मैं अर्पण कर रहा हूँ / न सिर्फ़ अंगूठा / अपितु अपना धनुर्कौशल /.......‌/ मैं नींव का पत्थर बन रहा हूँ / जिस पर आप / उसार सकें महल / श्रेष्ठ गुरु होने का।' (पृष्ठ – 97)

गांधारी के धृतराष्ट्र की तरह आँख पर पट्टी बाँध लेने को कवि ने पलायन की संज्ञा दी है। साथ ही कवि को आज की व्यवस्था में गांधारी-सा दर्शन दृष्टिगोचर होता है। 'पलायन' कविता की पंक्तियाँ यहाँ प्रस्तुत हैं – 'बन सकती थी वह / सम्राट की आँख / दिशा दे सकती थी / इतिहास को / लेकिन / वह उबर न पाई / अपने ही दुख से / उम्र भर' (पृष्ठ – 100)

प्रभावी क़ानून न होने के कारण दुष्कर्म के अपराधी क़ानून का मुँह चिढ़ाते से बचकर निकल जाते हैं और द्रोपदी की तरह पीड़िता का चीरहरण होता रहता है। कवि ने द्रोपदी की लाचारी का बखूबी चित्रण किया है। कविता चीरहरण की ये पंक्तियाँ देखिए - 'तर्कों के कवच / मौजूद हैं आज भी / तभी तो / मुट्ठी भर दुशासन / चंद दुर्योधनों के कहने पर / आज भी सफल हो रहे हैं / द्रोपदी चीरहरण करने को' (पृष्ठ – 105)

कवि का मानना है कि इन बुरे हालातों के लिए हम स्वयं दोषी हैं - 'क्योंकि तुम / प्रेरित नहीं कर रहे / अर्जुन को / गांडीव उठाने लिए / कृष्ण की तरह' (पृष्ठ – 107)

और अंत में कवि का मानना है कि महाभारत का युद्ध समाप्त नहीं हुआ है, वही स्थितियाँ-परिस्थितियाँ जस की तस समाज में रूप बदलकर सर उठाए हुए हैं अर्थात 'महाभारत जारी है'

समग्रतः 'महाभारत जारी है' की कविताएँ स्वांत सुखाय के धर्म को निभाने वाली न होकर समकालीन समाज का ऐतिहासिक परिप्रेक्ष्य में कठोर यथार्थ को विश्लेषित करती हैं। बिना किसी करिश्माई भाषा के यह कविताओं की सरल, सुबोध अभिव्यक्ति है। कवि की विचारात्मक अभिव्यक्तियाँ निश्चित रूप से मानवता की पोषक हैं। दिलबाग विर्क के इस सफल प्रयास पर मैं बधाई प्रेषित करती हूँ व उनके उज्ज्वल भविष्य की कामना करती हूँ।

डॉ. शील कौशिक

(हरियाणा साहित्य अकादमी पुरस्कार प्राप्त साहित्यकार)

17, सेक्टर – 20, सिरसा – 125055

मो. – 94168-47107

अपनी बात

सुधी पाठकों की कचहरी में मैं अपना नया कविता संग्रह 'महाभारत जारी है' लेकर उपस्थित हुआ हूँ। शीर्षक से स्पष्ट है कि महाभारत की कहानी मेरे जहन में है। दरअसल यह कहानी शुरू से ही मुझे उद्वेलित करती रही है। इससे पूर्व प्रकाशित मेरे कविता संग्रह 'निर्णय के क्षण' में भी मैंने कर्ण पर एक लम्बी कविता लिखी थी और इस संग्रह के दूसरे भाग में मैंने महाभारत पर आधारित आठ कविताएँ रखी हैं जिनमें तीन महाभारत के पात्रों को लेकर हैं तो शेष पाँच में महाभारत की घटनाएँ सन्दर्भ के रूप में हैं। मैंने महाभारत की बातें आज के सन्दर्भ में कहने का प्रयास किया है, जिसकी सफलता-असफलता आपको तय करनी है। कविता संग्रह के प्रथम भाग में वे सभी सामान्य विषय हैं जिनसे हम सभी हर रोज दो-चार होते हैं। मैंने इन विषयों पर अपना नज़रिया कविता में बयान किया है। नज़रिया बयान करते समय मैं कविता को कितना संभाल पाया यह भी मैं पाठकों और समीक्षकों पर छोड़ता हूँ। कविता के सैद्धांतिक पक्ष पर मैं ज्यादा नहीं कहूँगा। हाँ, आप इस संग्रह की कविता 'परिवर्तन के लिए ' में कविता संबंधी मेरे विचारों का अनुमान लगा सकते हो। कुँवर नारायण की कविता 'बात सीधी थी पर' ने मेरा कार्य और आसान किया है क्योंकि बोझिल शब्दावली से भरी कविता लिखना मेरे लिए संभव नहीं और कविता आसान भाषा में भी हो सकती है, यही कुँवर नारायण जी भी कहते हैं।

लिखते समय कोई वाद या सिद्धांत विशेष मेरे ध्यान में रहा हो ऐसा नहीं है, कई बार दो विरोधी विचार एक साथ उपजे और दोनों ने अलग-अलग कविताएँ लिखवाई। घटना के अलग-अलग पहलुओं पर सोचने से भी ऐसा ही हुआ। जो शब्द मुझे मेरी दृष्टि में कविता के रूप में उपजे दिखे उन्हें मैंने इस संग्रह में रखा है। सिद्धांतों के प्रति मेरे नज़रिये को आप इसी संग्रह की कविता 'ज़िन्दगी' में देख सकते हैं।

कहते हैं 'हाथ कंगन को आरसी क्या?' ऐसे में मेरा ज्यादा बोलना ठीक नहीं। सुधी पाठको, कविता संग्रह आपके सामने है और आपके फ़ैसले को नकारने का माद्दा किसी भी न्यायालय में नहीं। बस दुआ की जा सकती है कि मेरा प्रयास आपको पसंद आए।

दिलबाग विर्क

95415-21947

Email- dilbagvirk23@gmail.com

अनुक्रमणिका

खंड – 1

खंड – 2

खंड – 1

हौआ

हौआ कौआ नहीं होता
जिसे उड़ा दिया जाए
हुर्र कहकर

हौआ तो वामन है
जो कद बढ़ा लेता है अपना
हर क़दम के साथ

हौआ तो अमीबा है
जितना तोड़ा इसे
इसकी गिनती बढ़ी उतनी ही

हौआ पैदा करना कोई हौआ नहीं
बस एक अफ़वाह फैलानी है
तिल का ताड़ बन जाएगा ख़ुद ही

हौआ पैदा करना ज़रूरत है आज की
क्योंकि इसी के बल पर सिकेंगी रोटियाँ
राजनैतिक रोटियाँ
सामाजिक रोटियाँ
आर्थिक रोटियाँ
धार्मिक रोटियाँ
और इन रोटियों को पकाने में
गलेगी देह उनकी
रोटी जिनके लिए ख़ुद एक हौआ है।

परिवर्तन के लिए

आग उगलें शब्द
फड़कने लगें बाजू
कविता पढ़कर
ज़रूरी तो नहीं

अल्फ़ाज़ हर बार
प्रेरित करें लोगों को
बंदूक उठाने के लिए
कब ज़रूरी है यह

विरोध की भाषा का
बंदूकों से ही बोला जाना
कहाँ ज़रूरी है

परिवर्तन के लिए
काफ़ी होता है
विचारों की एक लहर का उठना
मन-मस्तिष्क में

हमें तो करनी है
विचारों की खेती
क्योंकि
बंदूकें तो
कभी-कभार लिखती हैं
विचार अक्सर लिखते हैं
परिवर्तन की कहानी।

वक़्त की सीढ़ी

आकाश देता है निमन्त्रण
हर किसी को
अपने पास आने का
अगर सुन सको तो

अँधेरे तहखानों से भी
निकलते हैं रास्ते
बाहर की दुनिया के
अगर देख सको तो

जागो
उठाओ क़दम
बढ़ो मंज़िल की ओर
दृढ़ विश्वास के साथ
वक़्त खुद सीढ़ी बनेगा
तुम्हें शिखर तक ले जाने के लिए।

मन और पत्ते

लालच
छोटा हो या बड़ा
मन डोल ही जाता है
लालच देखकर
वैसे ही जैसे
डोल जाते हैं पत्ते
हवा चलने पर

पत्तों की तरह
बेशक दिखता नहीं
मन का डोलना
मगर झलकता है
हमारे कृत्यों में

मौजूद रहता है यह लालच
अनेक रूपों में
हर जगह, हर समय
हवा की तरह
कमोबेश मात्रा में

पत्तों का डोलना
हार नहीं होती पेड़ की
लेकिन मन का डोलना
हार होती है आदमी की
आखिर फ़र्क़ तो होता ही है
मन और पत्तों में
आदमी और पेड़ में।

रिश्तों की फ़सल

बड़े नाज़ुक होते हैं
रिश्ते-नाते
ज़रूरी होता है
संभालना इनको
आँगन में उगे
छुई-मुई के पौधे की तरह

डालनी पड़ती है
विश्वास की खाद
पैदा करना होता है
समर्पण से भरा
अनुकूल वातावरण

बचाना होता है
शक के तुषारापात से
दूर रखना होता है
अहम्‌जन्य
बेमौसमी तत्वों को

रिश्तों की फ़सल
यूँ ही नहीं लहलहाती
तप करना पड़ता है
किसान की तरह।

वापसी

बचपन का
हाथ छोड़ते ही
जवानी की
उँगली पकड़ते ही
अक्सर
सताने लगती हैं
घर की बंदिशें
दक़ियानूस लगते हैं
तमाम रीति-रिवाज
उछलता है मन
चार दीवारी से
बाहर निकलने को
सुहानी लगती हैं
बाहर की रंगीनियाँ
लेकिन ये छलावा
चलता नहीं बहुत दिन
घर-घर ही होता है
और लौट आना होता है वापस
परिंदों की तरह
जो शाम ढलते ही
लौट आते हैं
बसेरों की तरफ़।

ज़िंदगी

निस्संदेह
ज़रूरी है
ज़िंदगी में
सिद्धांतों का होना
लेकिन
ज़िंदगी
दो और दो चार जैसी
कोरी सैद्धांतिक
और नीरस नहीं होती

ज़िंदगी
एक गीत है
जिसमें
सुर-ताल की बंदिशें हैं तो
मधुरता भी है
सरसता भी है
रोचकता भी है।

ज़रूरी है ख़तरा उठाना

थम चुका है उफान
नहीं रही बाक़ी
किनारे तोड़कर बहने की ललक
जम चुकी है बर्फ
नदी अब शांत है

अब ख़तरा नहीं रहा बाढ़ का
मगर जीवित भी कहाँ है नदी
जीवन तो बहाव में है

बेशक
ख़तरा है बहाव में
मगर ज़रूरी है
ये ख़तरा उठाना
ताकि बच सकें हम
ज़िन्दा लाश बनने से।

आँसू

बहुत बार
परचाया है दिल को
छोटी-छोटी ख़ुशियों से
बहुत बार
लगा है दिल को
निकल आया हूँ मैं बाहर
अतीत की काली छाया से
लेकिन
सदा नहीं रह पाता ऐसा
बार-बार हार जाता हूँ मैं
तेरी याद के हाथों
बहते हैं आँसू
बेमौसमी बरसात की तरह
जो उजाड़ देते हैं
दिल में लहलहाती
ख़ुशियों की फ़सल को।

चश्मा उतारकर देखो

सोच की आँखों पर
चढ़ा होगा जैसा चश्मा
दिखेगी दुनिया वैसी ही
चश्में के शीशों का रंग
झलकेगा हर दृश्य में

इसी चश्में की बदौलत
दिखता है अंतर हमें
आदमी आदमी में

सोच पर चढ़ा यह चश्मा
ज़रूरत नहीं आदमी की
यह तो देन है
बस कुछ लोगों की
जो साध रहे हैं
हित अपना
हमें चश्में बेचकर

उतारकर देखो
अपनी सोच की आँखों से
तमाम चश्मों को
मानव मानव दिखेगा तुम्हें
नफ़रत की परत उतरी होगी
मुहब्बत के रंग फैले होंगे
ख़ूबसूरत दिखेगी दुनिया सारी।

वायदा

क़समें खाकर
ख़ून के ख़त लिखकर
किए गए हों जो वायदे
सिर्फ़ वही वायदे नहीं होते

ख़ामोशी के साथ
आँखों ही आँखों में
होते हैं बहुत से वायदे

निभाने वाले
अक्सर निभाते हैं
आँखों से किए वायदे भी
मुकरने वाले मुकर जाते हैं
ख़ून के ख़त लिखकर

अहमियत नहीं रखती
न कोई क़सम
न ख़ून की स्याही
महत्त्वपूर्ण होती है
दिल की प्रतिबद्धता।

जीवन की अहमियत

जीवन जब बाक़ी है
क्यों ठूँठ बने हम ?

ठूँठ पर
हावी रहता है मातम
उम्र भर
बहार का जादू
बेअसर रहता है
खुशी के पक्षी
बैठकर उस पर
गाते नहीं जीवन गान

जब तक जीवन है
बनना पेड़-सा तुम
दुःख का पतझड़
आए भले बार-बार
मगर जीवंत हो उठना
फिर-फिर
देकर पतझड़ को मात

जीवन की अहमियत
जीने में है
महज़ दिन काटना तो
अपमान है ज़िंदगी का।

हिंदी की पुकार

मैं हिंदी हूँ
हिन्दुस्तान की बेटी हूँ
न देखो मुझे
किसी जाति से जोड़कर
किसी सम्प्रदाय से जोड़कर
किसी क्षेत्र से जोड़कर
कश्मीर से कन्याकुमारी तक
चाहती हूँ प्यार सबका
बाँटती हूँ प्यार सबको
पिरोती हूँ एक सूत्र में
पंजाबी, मराठी, गुजराती, बंगाली
सभी भाषाएँ हैं भगिनी मेरी
चल सकती हूँ मैं साथ सबके

ओ हिन्दवासियो
सुनो पुकार मेरी
न करो विरोध मेरा
किसी भाषा को लेकर
छोड़ो संकीर्णता
तोड़ो भाषाई बंधन
जुड़ो मुझसे
मुझसे जुड़कर जुड़ोगे तुम
इस देश से
ख़ुद से
मैं हिंदी हूँ
हिन्दुस्तान की बेटी हूँ।

कड़वा सच

मैं वाक़िफ़ हूँ
तेरी सच्चाई से
तू वाक़िफ़ है
मेरी सच्चाई से
मगर अफ़सोस
स्वयं के सच से
न तू वाक़िफ़ है
न मैं वाक़िफ़ हूँ
यही तो कड़वा सच है
आज के दौर का।

प्यार

तुझे पा लूँ
बाँहों में भरकर चूम लूँ
है यह तो वासना

प्यार कब चाहे
कुछ पाना
कुछ चाहना

जब तक तड़प है
प्यार ज़िन्दा है
जब पा लिया
प्यार मुरझा गया
वासना में डूबकर

पाने की फ़िक्र क्यों है
तड़प का मज़ा लो
यही तड़प तो नाम है
प्यार का।

वक़्त

आसमान पर
बादलों को घिरते देख
कभी खिल उठता है
किसान का चेहरा
तो कभी
उभर आती हैं
चिंता की लकीरें
उसके मुख पर

बादलों से अक्सर
बरसता है
एक-सा पानी
लेकिन
वक़्त बदल देता है
उसकी अहमियत।

समझदार लोग

हर अच्छा कार्य
संभव हो सका है
मेरे कारण
और
हर बुरे परिणाम के लिए
उत्तरदायी हैं
दूसरे लोग
ऐसा साबित करने की
कोशिश करते हैं
तमाम लोग
और
जो सफल हो जाते हैं
वही कहलाते हैं
समझदार लोग
क्यों
क्या ऐसा नहीं है ?

ज़िंदादिली

पेट की भूख
कर देती है मजबूर
मौत के मुँह में उतरने को
यह जानते हुए भी
यह वीरता नहीं
मूर्खता है

बाज़ीगिरी
कोई चुनता नहीं शौक से
यह तो मुकद्दर है
गरीबी के माथे मढ़े लोगों का
और इस मुकद्दर को
कला बनाकर जीना
ज़िंदादिली है

यह ज़िंदादिली
ज़रूरी है
क्योंकि
ज़िंदगी जीनी ही पड़ती है
चाहे रो के जिओ
चाहे हँस के जिओ
चाहे डर के जिओ
चाहे ज़िंदादिली से जिओ।

अपाहिज

अपाहिज
कोई जिस्म से नहीं होता
सोच से होता है

सोच से
अपाहिज है जो
वह स्वस्थ होते हुए भी
हार जाता है ज़िंदगी से

सोच से
अपाहिज नहीं जो
वह अपाहिज होते हुए भी
धत्ता बता देता है
हर मुश्किल को
सफलता
क़दम चूमती है उसके

हो सके तो

हो सके तो
प्यार के फूल खिलाना
जिससे महक सके
घर-आँगन

अगर
ऐसा संभव न हो तो
कम-से-कम
बचना
नफ़रत की दीवार उठाने से
क्योंकि
युग लगते हैं
नफ़रत की
एक-एक
ईंट गिराने में।

आवरण

ढूँढ़ लिए जाते हैं
बहुत सारे संबंध
ज़रूरत पड़ने पर
पता लगा लिया जाता है
सम्पर्क सूत्रों का
दाएँ-बाएँ से
साध लिया जाता है सम्पर्क
ही ही ही करते हुए

मतलब निकलते ही
डिलीट कर दिया जाता है
तमाम डाटा
फोन से भी
दिमाग से भी

अपवाद को छोड़ दें अगर
तो अमूमन
स्वार्थ को
छुपाया जाता है
मजबूरियों के आवरण से।

ज़िंदगी का सफ़र

ख़ामोश
तन्हा
चल रहा है
ज़िंदगी का सफ़र

मौसम बदल रहे हैं
दिन बीत रहे हैं
वक़्त गुजर रहा है
आहिस्ता-आहिस्ता

तय हो रही हैं
बहुत-सी दूरियाँ
हासिल किए जा रहे हैं
नए-नए मुकाम
नई-नई मान्यताएँ
हर दिन, हर पल

यही ज़िंदगी है
यही ज़िंदगी का सफ़र है
जो चल रहा है
चुपके-चुपके
आहिस्ता-आहिस्ता।

नव वर्ष

जश्न, पार्टीबाज़ी
हो-हल्ला
है नव वर्ष

वही दिन, वही रात
वही हालात
कैसा नव वर्ष ?

न बदलाव, न कोशिश
न संकल्प
खोखला नव वर्ष

खौफ़ घटे, खुशी बढ़े
प्यार फैले
हो ऐसा नव वर्ष

थामो हाथ, चलो साथ
छुएँ नए शिखर
है नव वर्ष

तुम सुधरो, मैं सुधरूँ
हालात सुधरें
हो मुबारक नव वर्ष।

दोषी हम भी हैं

उँगली उठाना
उचित भी है
और ज़रूरी भी
लेकिन
उँगली उठाते समय
यह ज़रूर ध्यान रखना
सिर्फ़ एक उँगली उठती है
दूसरों की तरफ़
जबकि तीन उँगलियाँ
उठती हैं
ख़ुद की तरफ़
और ये तीन उँगलियाँ
बताती हैं
दोषी सिर्फ़ दूसरे नहीं
हम भी हैं
और
कहीं अधिक मात्रा में
क्योंकि
सहने वाले हम हैं
देखने वाले हम हैं
सुनने वाले हम हैं।

ज़मीन

भरना उड़ान
छू लेना आसमान को
मगर न भूलना कभी
अपनी ज़मीन को
क्योंकि
घर बनते हैं
ठोस ज़मीन पर
आसमान पर नहीं।

पतंग के माध्यम से

बहुत विस्तृत है आसमान
उड़ सकती हैं सबकी पतंगें साथ-साथ

पतंग सिर्फ़ उड़ानी नहीं होती
पतंग काटनी भी होती है
मज़ा ही नहीं आता
केवल पतंग उड़ाने में
असली मज़ा तो है
दूसरों की पतंग काटने में

वैसे बचती नही
किसी की भी पतंग
किसी की हम काट लेते हैं
कोई हमारी काट लेता है

दुःख तो होता है
अपनी पतंग कटने का
मगर ये दुःख बौना है
उस खुशी के सामने
जो मिलती है
दूसरों की पतंग कटने पर

अपनी पतंग रहे न रहे
दूसरों की नहीं रहनी चाहिए
बड़ों की ये जीवन शैली
सीख लेते हैं बच्चे
पतंग के माध्यम से
बचपन में ही।

 महाभारत जारी है

प्यार या व्यापार

बच्चे तो बच्चे हैं
ख़ुश हो जाते हैं
खिलौना पाकर

पैसे खर्च करके
सोचते हैं बड़े भी
बहुत प्यार करते हैं हम
अपने बच्चों से

प्यार का
कुछ लेना-देना नहीं
किए गए खर्च से
की गई देखभाल से
दरअसल
यह तो निवेश है
कल के लिए

हमारा प्यार
प्यार था या व्यापार
इसका पता चलता है तब
जब बग़ावत पर
उतर आते हैं बच्चे
बड़े होकर

व्यापार नहीं
प्यार करना
प्यार न कुछ माँगता है
न आशा करता है
बदले में प्यार की।

शब्द-बाण

कमान से छूटा तीर
बेध पाता है
एक ही छाती

ज़ुबान से निकले शब्द
बेध सकते हैं
अनेक हृदय

तीर घायल करता है
बस एक बार
शब्द चुभते रहते हैं
उम्र भर
शब्दों की गूँज
सुनाई देती है
रह रहकर

बेशक
अर्थ का अनर्थ संभव है
सुनने वाले के द्वारा
मगर सतर्कता ज़रूरी है
शब्द-बाण छोड़ने से पहले
क्योंकि अनर्थ का धुआँ
उठेगा तभी
जब शब्दों की आग होगी।

 महाभारत जारी है

शब्दार्थ

शब्द सुनकर ही
तय न कर देना
रिश्तों का मुकद्दर

बड़े लाचार होते हैं शब्द
कभी ये
अभिव्यक्त नहीं कर पाते
अर्थ को
कभी अतिरेक कर देते हैं
अर्थ का

शब्दों के अर्थ
बदल जाते हैं अक्सर
सन्दर्भ बदलते ही

समझना अर्थ को
देना अहमियत अर्थ को
क्योंकि
शब्दों को अहमियत देना
अक्सर बिगाड़ देता है
रिश्तों का गणित।

बिटिया

बेटी न कहो मुझे
मैं आपका बेटा हूँ पापा
यह जिद्
बिटिया करती है अक्सर
पता नहीं
क्यों और कैसे
लड़का होने की चाह
घर कर गई है
उसके मन में

वैसे मान सकता हूँ मैं
बेटा-बेटी एक समान होते हैं
बेटी भी बेटा ही होती है
मगर नहीं मान पाता
बेटी को बेटा

कैसे मानूँ
क्यों मानूँ
बेटी को बेटा
बेटा होना कोई महानता तो नहीं है
बेटी होना कोई गुनाह तो नहीं है
क्या काफ़ी नहीं है
बेटी का बेटी होना
क्यों पहनाऊँ मैं उसे
बेटे का आवरण ?

नासमझ
नन्हीं बिटिया को

महाभारत जारी है

उसकी जिद के चलते
भले ही मैं
कहता हूँ बेटा
मगर मेरा अंतर्मन
मानता है उसे
सिर्फ़ और सिर्फ़
प्यारी-सी बिटिया।

सपने

सपने
सोई आँख के भी होते हैं
जागी आँख के भी

अगर चाहत है
सपने हताश न करें
तो ठुकराना
सोई आँख के सपनों को

अगर तमन्ना है
सपनों को
फलीभूत होते देखने की
तो चुनना
जागी आँख के सपनों को

जागी आँख के सपने
माँगते हैं मेहनत
जबकि सोई आँख के सपने
उपजते हैं आराम से

आराम
कभी मंज़िल तक नहीं ले जाता
मंज़िल तक पहुँचाती है
हाड़-तोड़ मेहनत

सुहाने लग सकते हैं
सोई आँख के सपने

  महाभारत जारी है

लेकिन सफल बनाते हैं
सिर्फ़ वो सपने
जो देखे गए हों
खुली आँख से
जो छीन लेते हैं
चैन-आराम
जिन्हें पूरा करने के लिए
जागना पड़ता है रातों को।

परमाणु विस्फोट

जब विखंडन होता है
अणुओं और परमाणुओं में
तब विस्फोट होता है
और यह विस्फोट
कारण बनता है विनाश का

समाज भी
अग्रसर है
विखंडन की ओर
टूट रहे हैं
परिवार रुपी अणु
परमाणुओं में

परिवार की परिभाषा
बदल चुकी है
पहले ही
तमाम रिश्ते-नाते
हो चुके हैं बाहर
परिवार की परिधि से
अब अर्थ है परिवार का
पति-पत्नी और बच्चे

यह विखंडन
रुक नहीं रहा यहीं तक
संयुक्त परिवारों से
एकल परिवारों की ओर
बढ़ा समाज

दिनों-दिन
बढ़ रहा है
परिवार विहीन गठबंधन
'लिविंग टू-गैदर' की ओर

परिवारों का यह विखंडन
निस्संदेह
विस्फोटक सिद्ध होगा
समाज के लिए
परमाणु विस्फोट की तरह।

क़ीमत

सिद्धांतों पर टिके रहें
या भाईचारे के लिए
तिलांजलि दे दें
अपने सिद्धांतों को
यह दुविधा
सामने आ खड़ी होती है अक्सर

सिद्धांतों पर टिकने का अर्थ
समाज का कोपभाजन बनना
सिद्धांतों को छोड़ने का अर्थ है
नैतिकता को छोड़ना

सिद्धांत और भाईचारा
दोनों में से
चुना जा सकता है
सिर्फ़ एक को
क्योंकि
हर आदमी चाहता है
नियमों में थोड़ी-बहुत ढील
जो नहीं दी जा सकती
सिद्धांतों की परिधि में रहकर

कभी न कभी
हर सैद्धांतिक आदमी
विवश हो जाता है
समाज के हाथों

सचमुच
बड़ी क़ीमत वसूलता है समाज
आदमी से
सामाजिक प्राणी होने की।

दंगों के बाद

शहर में तैनात
सेना और पुलिस के जवान
घूर रहे हैं
हर आने-जाने वाले को

कुछ दिन पहले
शहर में हुए
एक दंगे ने
शक के दायरे में
ला दिया है
हर आदमी को

दंगे की आग
बुझ चुकी है कब की
माहौल
सामान्य हो रहा है
धीरे-धीरे
लेकिन
दंगे के दौरान
हिंसक जानवर बना आदमी
अभी तक
बाहर नहीं निकल पाया
अपनी उस छवि से

अक्सर
दंगों के बाद
वक़्त लगता है

विश्वास बहाली में
वक़्त लगता है
शक के दायरे से बाहर निकलकर
आदमी को
हिंसक जानवर से
पुनः आदमी बनने में।

दूरी एक ठहाके की

हर बार
कोई कारण हो
बेचैनियों का
ज़रूरी तो नहीं

कभी-कभार
दिल यूँ ही
उदास होता है
अकारण ही

मनोरोग विशेषज्ञों की मानोगे
तो यह
निशानी है अवसाद की
शायद चलाना है उन्हें
रोज़गार अपना
शायद इसीलिए
बढ़ रहे हैं मनोरोगी
दिनों-दिन
तेज गति से

दरअसल
बीती ज़िंदगी के कड़वे सच
जो छुपे रहते हैं
अचेतन मन में
हावी हो ही जाते हैं
चेतनता पर
और उदासी

महाभारत जारी है

घेर लेती है अचानक

जैसे घिरती है उदासी
वैसे ही उड़ जाती है
अचानक

उदासी और खुशी में
अवसाद और सहजता में
दूरी होती है
सिर्फ़ एक ठहाके की।

मद्धिम-सी लकीर

आसमान से
अचानक
बरसने लगे ओले
देखते-ही-देखते
बिछ गई सफ़ेद चादर
ज़मीन पर
नाचने लगे बच्चे
तालियाँ पीट-पीटकर
बड़ा मनमोहक था दृश्य
प्रथम नज़र में
लेकिन
खुले मैदानों में
विचरने वाले
पशुओं
पेड़ों पर बसेरा करने वाले
पक्षियों
और झुग्गी-झोंपड़ियों में
जीवन बसर करने वाले
लोगों को याद करते ही
यह मनमोहक दृश्य
लगने लगा लोमहर्षक
खेतों में
लहलहाती फ़सलों की
बर्बादी का ध्यान आते ही
चिंता की लकीरें
उभर आई अनायास
प्रकृति का सुंदर रूप

लगने लगा कुरूप
उसी क्षण
जीवनदायक बादल
नज़र आने लगे विनाशक
स्पष्ट दिखाई देने लगी
वो मद्धिम-सी लकीर
जो अक्सर मौजूद रहती है
सुरूप और कुरुप के दरम्यान
अच्छाई और बुराई के दरम्यान।

बचपन

माँ
हर वक़्त
रहती है व्यस्त
किट्टी पार्टियों में
पिता
उलझे रहते हैं
दफ़्तर के
झंझटों में
और नौकरों के हाथ में
पले-बढ़े
बेटे की आँखों पर
चढ़ चुका है चश्मा
दिन भर
पुस्तकों और
कम्प्यूटर से
माथापच्ची करने के कारण

अब मौक़ा नहीं मिलता
बच्चों को
जिद् करने का
और फुर्सत नहीं है
माँ-बाप के पास
जिद् मानने की
छूट गया है
रूठना-मनाना
दिखावटी-सा हो गया है
माँ-बाप का सन्तान से स्नेह

कम्प्यूटर और
सोशल मीडिया के इस दौर में
पता नहीं कभी
लौट पाएगा
हँसते-खेलते
लड़ते-झगड़ते
माँ-बाप से जिद करते
बच्चों का दौर
या फिर यूँ ही
पुस्तक, कम्प्यूटर, नौकर के साथ
चार दिवारी में
सिकुड़कर रह जाएगा
बचपन।

पतन

निस्संदेह
व्यवसाय हो चुकी है शिक्षा
नहीं रही यह मिशन
नहीं रही गुरु में गुरुता
शिष्यों में भी
कहाँ रही है
पहले-सी शिष्यता
अगूँठा कटवाना तो दूर
अँगूठा दिखाते हैं
आज के शिष्य

यह पतन है
आज के दौर का
और इस पतन की बाढ़ में
बह रहे हैं सभी
शिक्षा भी
समाज भी
संस्कृति भी।

उलझन

क्या ढूँढूँ, क्या पाऊँ
कुछ भी नहीं
ढूँढने लायक
पाने लायक
इस जहां में
और इस जहां से परे
कुछ है या नहीं
निश्चित नहीं

हाँ कहूँ तो
दिमाग़ शंका करता है
विश्वास नहीं करता
चमत्कार भरी कहानियों पर

नहीं कहूँ तो
दिल विरोध करता है
कहता है वह
बतंगड चाहे बाद में बना हो
बात तो अवश्य हुई होगी
श्रद्धालुओं ने
जोड़ा होगा बहुत कुछ
मगर श्रद्धेय
अवश्य रहे होंगे

इस द्वंद्व का
हल नहीं मिलता कोई
निश्चित नहीं हो पाता हूँ
शायद

ज़रूरी है इसके लिए
या तो अंध श्रद्धा का होना
या फिर
किसी विशिष्ट योग्यता का होना
जो दोनों नहीं मुझमें
इसीलिए
उलझन है
क्या ढूँढूँ, क्या पाऊँ
कुछ समझ से परे है
कुछ समझ में नगण्य है।

समय के साथ

निरंतर
चलता रहता है
समय
और समय के साथ-साथ
बदलता है बहुत कुछ
लेकिन
नहीं बदलती
कुछ चीज़ें
बदलते समय के साथ भी

समय के साथ
बदला है
जीवन जीने का ढंग
बहुत आगे निकल गया है
आदि मानव से मानव
विज्ञान के पंखों पर बैठ
वह उड़ रहा है
आसमान में

लेकिन
समय के साथ
नहीं बदली है
सोच आदमी की
सोच आज भी
वही है
जो थी सदियों पहले

पहले पत्थरों से
तलवारों से
लड़ता-झगड़ता था आदमी
आज लड़ता है
बन्दूकों से
तोप गोलों से
पहले भी होता था कन्या वध
और आज भी होता है
फ़र्क इतना है
पहले जन्म ले लेती थी कन्या
अब उसे अवसर नहीं मिलता
जन्म लेने का भी

समय के साथ
बहुत बदला है बाहरी रूप
लेकिन भीतर से
मौजूद है
वही सोच
सदियों से।

पेंडुलम की तरह

होती है ख़्वाहिश
हर बच्चे की
बड़ा हो जाए वह
जल्दी-जल्दी

सभी व्यक्ति
करते हैं गुणगान
अपने उस बचपन का
जो उन्होंने जीया नहीं कभी

बचपन इन्तज़ार करता है
भविष्य का
बुढ़ापा गीत गाता है
अतीत का
अतीत वापस नहीं आता दोबारा
भविष्य घटता नहीं कभी

भविष्य और अतीत
दो सिरे हैं
और हम घड़ी के पेंडुलम की तरह
झूलते रहते हैं
एक सिरे से दूसरे सिरे तक
बीच में ठहरना
वर्तमान में जीना
हमें आया ही नहीं
कभी बालपन के कारण
कभी सयानफ़ के कारण।

व्यवस्था

एक-सी नहीं होती
हाथ की सभी उँगलियाँ
लेकिन
वे प्रिय होती हैं हमें
एक-सी
महसूस करते हैं हम
एक-सा दर्द
किसी भी उँगली में लगी
चोट पर

समाज रूपी हाथ में भी
एक-सी नहीं सब उँगलियाँ
जाति के आधार पर
धर्म के आधार पर
आर्थिकता के आधार पर
रुतबे के आधार पर
बड़े-छोटे का भेद
व्याप्त है सर्वत्र

इस भेद के बावजूद
इस विभिन्नता के रहते हुए
हाथ की उँगलियों की तरह
एक-सा नज़रिया
होना चाहिए था समाज का
सामाजिक व्यवस्था का
लेकिन नहीं है ऐसा
समाज को प्रिय हैं

सिर्फ़ बड़ी उँगलियाँ

पता नहीं क्यों
व्यवस्था रूपी मस्तिष्क
महसूस नहीं करता
छोटी उँगली के
कटने का दर्द
और तिलमिला उठता है
बड़ी उँगली में
काँटे की चुभन मात्र से।

सिलवटें

मन और कपड़े
सुंदर लगते हैं तभी
जब वे हों
साफ़-सुथरे व सिलवट विहीन

बचपन में
मन
होता है साफ़-सुथरा
और सिलवट विहीन
वार्डरोब में टंगे
धुले और इस्तिरी किए
कपड़ों की तरह
लेकिन
दुनियादारी के
झंझटों में पड़कर
यह हो जाता है मैला
भर जाता है सिलवटों से
वैसे ही
जैसे कि
दिन भर पहना हुआ कपड़ा

कपड़े फिर धुल जाते हैं
फिर हो जाते हैं इस्तिरी
लेकिन मन
न धुलता है
न होता है इस्तिरी
मन की कलुषता

मन की सिलवटें
जाती ही नहीं
उम्र भर

काश !
हम सीख पाते
मन को धोना
और इस्तरी करना
कपड़ों की तरह

काश !
हम ध्यान दे पाते
मन की सुन्दरता पर
ठीक वैसे ही
जैसे देते हैं ध्यान
बाहरी रूप-सज्जा पर

अगर हो जाए ऐसा
तो जन्नत उतर आएगी
इसी धरा पर
क्योंकि ज़िंदगी को
जहन्नुम बनाती है
मन की कलुषता
और इसकी सिलवटें।

कैक्टस

घरों में लोग
अब तुलसी नहीं उगाते
गेंदा, गुलाब, चंपा, चमेली का
चलन भी
हो गया है कम
अब लोग
घरों को सजाते हैं
कैक्टस से

यह बदलाव
शायद परिणाम है
बदलती सोच का
क्योंकि
तुलसी-सा
परोपकारी जीवन
कोई नहीं जीता
यहाँ पर

चंपा, चमेली की तरह
ख़ुशबू फैलाना भी
अब मक़सद नहीं रहा
लोगों का
और न ही
गुलाब की तरह
दुःखों में मुस्कराना
जीवन-दर्शन है लोगों का

अब तो
लोगों की सोच
हो चुकी है कँटीली
दूसरों के मार्ग में
काँटे बिछाना ही
एकमात्र मकसद है
अधिकाँश लोगों का
और कैक्टस ही है
इसका प्रतिनिधि

शायद इसीलिए
घरों में लोग
अब तुलसी नहीं उगाते
गेंदा, गुलाब, चंपा, चमेली का
चलन भी
हो गया है कम
अब लोग
घरों को सजाते हैं
कैक्टस से।

कन्यादान

दान कर दी हो जो वस्तु
मोह नहीं रखना चाहिए
फिर उसके प्रति
पराई हो जाए
फिर वह वस्तु

दान की है
जब यह धारणा
फिर क्या उचित है
कन्या का दान ?
क्या विवाह के बाद
टूट जाता है
कन्या का रिश्ता-नाता
माँ-बाप से
भाई-बहन से ?

अगर हाँ
तो क्या उचित है यह ?
अगर नहीं
तो कन्यादान क्यों ?

विवाह के बाद
बेटा तो पराया नहीं होता
क्यों पराई होती है बेटी ?
क्या औलाद नहीं होती बेटियाँ ?
क्या बेटी का
कोई हक़ नहीं

अपने माँ-बाप पर ?

आख़िर कब तक
चलेगा यह भेदभाव ?
कब तक
वस्तु बनी रहेगी कन्या ?
कब तक
बराबरी का हक़
नहीं मिलेगा उसे ?
कब तक होता रहेगा
कन्या का दान
वस्तु की तरह ?
हमें सोचना होगा।

एक मासूम-सा सवाल

बेटे के जन्म पर मनाते हो ख़ुशियाँ
बेटी को देते हो गर्भ में मार
इस भेदभाव का आधार क्या है ?
क्या औलाद नहीं होती बेटियाँ ?

वह नहीं कहती
मानो उसे बेटा
मगर कम-से-कम
बेटी तो मानो उसे
नहीं चाहती वह स्थान बेटे का
उसे चाहिए सिर्फ़ अपना स्थान
चाहत उसकी इतनी है
जैसे दुलारते हो बेटे को
वैसे दुलारो उसको भी
हँसो, उसकी हँसी के संग
पोंछो उसके आँसुओं को
गले लगाकर चूमो उसका माथा
खिल उठेगी वह फूल-सी
गमले जितना आँगन तो दो उसे

नहीं चाहिए उसे
ज़मीन-जाएदाद तुम्हारी
उसे चाहिए सिर्फ़ तुम्हारा प्यार
इससे रत्ती भर कम न होगा
प्यार तुम्हारे बेटे का
क्योंकि
प्यार ज़मीन-जाएदाद नहीं होता

जो कम हो जाए बाँटने से
तुम उतना ही प्यार दे पाओगे बेटे को
जितना देना था उसके बिना
हाँ, तुम्हारे बेटे को मिलेगा
उसका प्यार भी
दुगुना करेगी वह प्यार को
उसके हाथ पर बाँधकर राखी
रक्षा कवच बनाएगी वह
अपनी दुआओं का
महकाएगी वह तुम्हारा घर-आँगन
मौक़ा तो दो उसे सुगंध बिखेरने का

बेटियों के बिना
कैसा होगा यह संसार
यह प्रश्न नहीं उठाएगी वह
वह तो पूछना चाहती है
सिर्फ़ एक मासूम-सा सवाल
बेटे के जन्म पर ख़ुशियाँ मनाने वालो
क्यों गवारा नहीं आपको
बेटी का जन्म लेना ?
क्यों मरवाते हो बेटी को गर्भ में ?
क्या औलाद नहीं होती बेटियाँ ?

मुझे तुमसे प्यार है

प्यार
भावना था कभी
आजकल भाषण है
क्योंकि
सुबह के वक़्त
दोपहर के वक़्त
शाम के वक़्त
घर से निकलते वक़्त
घर आते वक़्त
फोन पर बतियाते वक़्त
बार-बार दोहराया जाता है
एक जुमला
मुझे तुमसे प्यार है

भले ही
पति-पत्नी दोनों का मुँह
रहता हो विपरीत दिशाओं में
भले ही
एक-दूसरे की अवमानना
आम बात हो
भले ही
घर से बाहर निकलते ही
कोई और भी लगता हो
दिल को प्यारा
फिर भी
एक-दूसरे को
अँधेरे में रखने के लिए

महाभारत जारी है

अक्सर दोहराया जाता है
यह जुमला
मुझे तुमसे प्यार है

यह जुमला
बेहद ज़रूरी है आजकल
क्योंकि अब
प्यार भावना नही
महज भाषण है
प्यार एहसास नहीं
महज दिखावा है
प्यार आजकल
एक ओवरकोट है
जो कभी भी
उतारा जा सकता है
जो कभी भी
पहना जा सकता है
कभी भी
कहा जा सकता है
मुझे तुमसे प्यार है
मुझे तुमसे प्यार है।

घर को घर ही रहने दो

पागल पंछी पिंजरा तोड़ गया
घर था अपना
जाने क्यों छोड़ गया ?
शायद
दीवारों ने
उसे तड़पाया होगा
शायद
दूर गगन की
खुली फिज़ा ने
उकसाया होगा

माना घर में
आज़ादी नहीं
बंधन है
फिर भी घर होता
एक मन्दिर है
घर को कभी जेल न समझो
घर कभी क़ैद नहीं करता
घर फ़र्ज़ों पर
अधिकारों को
न्योछांवर करने से बनता

जो देते अहमियत
अधिकारों को
उनका ही घर जेल है होता
रहने वाला उसमें
फिर हर शख़्स है रोता

 दिलबाग सिंह 'विर्क'   महाभारत जारी है

हर शख़्स फिर चाहता
तोड़ना इस कारा को
चाहता उड़ना
दूर गगन में
तोड़ सब दीवारों को

ऐसे में घर घर नहीं रहता
घर को घर ही रहने दो
इसको तुम जेल न बनने दो
घर का जेल बनना तो
हार होती है घर वालों की।

दिल और दिमाग़

दिल और दिमाग़
अक्सर दौड़ते हैं
अलग-अलग दिशाओं में

दिल देता है अहमियत
जज़्बातों को
दिमाग़ लेता है सहारा
तर्क और कुतर्क का

दिल की बात सुनने वाले
अक्सर खा जाते हैं धोखा
दिल की मासूमियत के कारण
और दिमाग की बात सुनने वाले
अक्सर अपने कुतर्कों के सहारे
सिद्ध करते हैं
ख़ुद को सही
और दूसरों को ग़लत

वैसे बुरा नहीं
एक हद तक
दिमाग़ की सुनना
लेकिन
दिल को दरकिनार करना
मनुष्यता से दूर होना है

ज़िंदगी में
ज़रूरी होता है

सांमजस्य का होना
दिल और दिमाग़ के बीच
दिमाग़ यहाँ बचाता है
दूसरों के कुतर्कों से
वहीं दिल रोकता है
दूसरों को
जबरदस्ती ग़लत सिद्ध करने से

दिल-दिमाग का सांमजस्य
न सिर्फ़ बेहतर है
व्यक्ति विशेष के लिए
अपितु
पूरे समाज के लिए।

मेरे गाँव का पीपल

मेरा गाँव
जैसा मेरे बचपन के दिनों में था
नहीं रहा अब वैसा
वह खो गया है कहीं
आज के गाँव में

जो पुराना गाँव था
दो हिस्से थे उसके
एक हिस्से में थे
रिहायशी घर
दूसरे हिस्से में थी
खेती की जमीन
आज मिल चुके हैं
दोनों हिस्से इस क़द्र
कि खो गया है भेदभाव
अब पता नहीं चलता
गाँव खेतों में आ बसा है
या फिर
खेत घुस आए हैं गाँव में

पहले गाँव के जोहड़ में
कश्तियों-सी घूमती थी भैंसें
और जोहड़ किनारे
पीपल के पेड़ के नीचे
जमती थी महफ़िल
चलते थे ताश के दौर
बड़ी मुश्किल से मिलती थी
जहाँ बैठने की जगह

   महाभारत जारी है

अब वीरानी है वहाँ पर
सूख चुका है जोहड़
नहीं जमती
पीपल के नीचे महफ़िल
गाँव के नजारे
लुप्त हो चुके हैं गाँव से

सिर्फ़ गाँव ही नहीं बदला
गाँव के साथ बदले हैं
गाँव के लोग भी
पहले-सा भाईचारा
पहले-सा प्रेम भाव
अब नहीं दिखता
लड़ाई
टांग-खिंचाई
अब हिस्सा बन चुके हैं गाँव का

मेरे बचपन का गाँव
मेरे बचपन की तरह
निकल चुका है हाथ से
वह अब सिर्फ़ यादों में है
उसे हक़ीक़त बनाने की ज़रूरत
महसूस नहीं होती किसी को
लेकिन
शहर-सा बने गाँव पर
आँसू बहाता है
उदास खड़ा पीपल का पेड़।

खंड – 2

आत्ममंथन

मृत्यु
जब दिखने लगती है पास
ध्यान बरबस
चला जाता है
अतीत की तरफ़
खुल आता है
किए गए कृत्यों का
कच्चा चिट्ठा
आँखों के सामने

शांतनु का ज्येष्ठ पुत्र
गंगा-नन्दन भीष्म
शर-शैय्या पर पड़ा
कर रहा है इंतिज़ार
मृत्यु का
और झाँक रहा है
अपने अतीत में

देवव्रत का
भीष्म तक का सफ़र
स्वार्थों से परे था
समर्पित था
उसका जीवन
एक निष्ठा को
मगर अंजाम
इतना दुखद हो जब
शंका उत्पन्न हो ही जाती है

 महाभारत जारी है

अपनी निष्ठा पर
भीष्म भी
शंकित है
सोच में डूबा है
गलती कहाँ हुई
रास्ता चुनने में
या फिर
व्रत को निभाने में
कुछ समझ नहीं आ रहा उसे

शापित वसु के रूप में जन्मा
देवव्रत
कुरुक्षेत्र की रणभूमि में
कर्म करो
फल की इच्छा न करो
के उपदेश से शुरू हुए
धर्मयुद्ध में
अपने जीवन के
अंतिम क्षणों में
जीवन को
भाग्यवादी चश्मे से
देखने के लिए विवश है

उसका शापयुक्त होकर जन्म लेना
और अपने भाइयों की तरह
माँ गंगा द्वारा
शापमुक्त न करवाया जाना
उसका दुर्भाग्य ही तो है

पिता के लिए
किए गए त्याग के कारण

पिता से
इच्छा मृत्यु का
वरदान पाना
उसका दुर्भाग्य ही तो है

अपनी निष्ठा के चलते
अपने प्रिय पौत्रों के विरुद्ध
अंधे धृतराष्ट्र का रक्षक बनकर
उसके अयोग्य पुत्र के पक्ष में
युद्ध लड़ना
उसका दुर्भाग्य ही तो है

दरअसल
उसका पूरा जीवन
ग्रस्त रहा है
दुर्भाग्य की काली छाया से
जिससे बच पाना
उसकी निष्ठा
और कर्म प्रधान जीवन के
बाहर की बात रही है

लेकिन
सिर्फ दुर्भाग्य ?
नहीं
भाग्य
जीवन की दशा का
एक कारण तो हो सकता है
पूर्ण सत्य नहीं
कोई भी परिणाम
निर्धारित नहीं हो सकता
केवल भाग्य द्वारा

भीष्म का जीवन भी
फिर कैसे परिणाम हो सकता है
केवल दुर्भाग्य का
अवश्य ही
कुछ कर्म भी ऐसे रहे होंगे
जो कारण बने
उसके इस दुःखदायी अंत का
यही बात
विवश कर रही है
गंगा पुत्र को
आत्ममंथन करने के लिए

पिता के लिए
आजीवन ब्रह्मचर्य का व्रत
निस्संदेह
कर्त्तव्य था उसका
लेकिन
सच को सच न कहने का प्रण
कब किया था उसने
यही विचारणीय है ?

हस्तिनापुर राज्य की प्रजा को
यह विश्वास दिलाना
कि वह रक्षा करेगा राज्य की
न्यायोचित था
लेकिन
रक्षा के नाम पर
अन्याय को समर्थन देगा
ऐसा कब सोचा था उसने
यही विचारणीय है ?

हस्तिनापुर के हर शासक में

पिता शांतनु को देखना
भले माँग थी
परिस्थितियों की
लेकिन
दुराचारी युवराज के कुकृत्यों का
समर्थन करने के लिए
किसने विवश किया था उसे
यही विचारणीय है ?

इस समय
शर शैय्या पर पड़ा भीष्म
यहाँ सहन कर रहा है
अपने ही प्रिय पौत्र
अर्जुन द्वारा
तीरों से बिंधे
शरीर की पीड़ा
वहीं सहन कर रहा है
अपने ही अंतर्मन द्वारा
उठाए गए प्रश्नों से बिंधी
आत्मा की पीड़ा

अर्जुन के तीरों की बौछार
रुक चुकी है कब की
लेकिन
प्रश्नों की बौछार
नाम नहीं ले रही है
रुकने का
और उसके वो तर्क
जिनके सहारे
चुप्पी साध रखी थी उसने
भाग चुके हैं
दुम दुबाकर

महाभारत जारी है

जिस निष्ठा
जिस प्रतिज्ञा के चलते
वह आँख मूँदकर
समर्थन करता रहा
लालची दुर्योधन का
वही निष्ठा
वही प्रतिज्ञा
अब धिक्कार रही है उसे
और
ठहरा रही है
युद्ध का उत्तरदायी

निस्संदेह
धृतराष्ट्र का पुत्र-प्रेम
कर्ण का अंध समर्थन
और कपटी शकुनि की नीतियाँ
हौसला-अफ़जाई करती रही
दुर्योधन का
लेकिन वह भी कभी
समझा नहीं पाया
अपने इस बिगडैल पौत्र को

सोच रहा है भीष्म
कि वह ख़ुद भी
शिकार हो गया था
अहंकार का
अपनी शक्ति के अहंकार का

काशी नरेश की पुत्रियों का
उनकी इच्छा के विरुद्ध
अपने भाई के लिए
स्वयंवर से हरण करना
उसका अहंकार ही तो था

गांधार नरेश को
अपने अंधे भतीजे से
पुत्री का विवाह करने के लिए
विवश करना
उसका अहंकार ही तो था

अहंकार
किसी का भी हो
अक्सर कारण बनता है
विनाश का
फिर उसका अहंकार
क्यों न लाता विनाश ?

अपने अहंकार के कारण ही
पैदा हुए
शिखंडी के कारण
वह पड़ा है
मृत्यु शैय्या पर
और
अपने अहंकार के कारण ही
कुरु वंश के दुश्मन बने
शकुनि की
कुटिल चालों के कारण
वह देख रहा है
महाविनाश को

भीष्म को दुःख नहीं
अपने शर-शैय्या पर लेटने का
उसे दुःख है तो
उस विनाश का
जो हो रहा है
इस युद्ध में

उसे दुःख है तो
उस टकराव का
जो हो रहा है
कुरु वंश में
उसे दुःख है तो
इस बात का
कि इस सबका उत्तरदायी
कहीं-न-कहीं
वह स्वयं है

राज्य का विभाजन
उसी की योजना थी
मातृभूमि को
दो टुकड़ों में बाँटने का अपराध
उसी का था
और इसका उद्देश्य
इस टकराव को
रोकना ही तो था
लेकिन वह
सफल नहीं हो पाया
अपने उद्देश्य में
कपटी शकुनि की
द्युत योजना
हावी हुई उस पर
और वह मूक दर्शक बनकर
देखता रहा
न सिर्फ द्युत को
अपितु
भरी सभा में
कुल वधू के
चीरहरण को भी

उसका मौन

उसका अपराध है
अपनी प्रतिज्ञा को
अपने कर्त्तव्य से ऊँचा मानना
उसका अपराध है
राजा को
राष्ट्र से बड़ा मानकर
केवल राजा का समर्थन करना
उसका अपराध
धर्म युद्ध में
धर्म को छोड़कर
अधर्म के साथ खड़ा होना
उसका अपराध है

जीवन के
अंतिम क्षणों में
भीष्म व्रतधारी
देवव्रत
सोच रहा है
कभी भी
किसी का भी
अपनी प्रतिज्ञा की डोर में बंधकर
सच से आँखें मूँद लेना
कदापि उचित नहीं होता
क्योंकि
अन्याय की मौन सहमति
अन्याय का पक्ष लेना ही तो है

काश !
वह भी
विरोध कर पाता
अन्याय का
काश !

महाभारत जारी है

वह भी
तोड़ डालता
राजा का
समर्थन करने की प्रतिज्ञा
काश !
वह भी
अपनी निष्ठा की परिभाषा का
पुनः निर्धारण कर
राज्य के लिए
राजा को
चढ़ा देता बलिबेदी पर
तो यह विनाशक युद्ध
कभी न होता
लेकिन वह
ऐसा कुछ न कर पाया

बूँद-बूँद रिसता
भीष्म का खून
चीख-चीख कर कह रहा है
विरोध योग्य हर बात का विरोध
ज़रूरी होता है
क्योंकि चुप्पी भी
एक कारण होती है
महाभारत का।

गुरुदक्षिणा

गुरुदक्षिणा देना
कर्तव्य है मेरा
आख़िर स्वीकार किया है मैंने
गुरु आपको
अपनी ही इच्छा से
और अँगूठा माँगा है आपने
मेरे दाहिने हाथ का
गुरुदक्षिणा के रूप में

गुरुवर
आपकी यह गुरुदक्षिणा सुनकर
पीड़ा नहीं पहुँची मुझको
ऐसा नहीं है
खिसकी नहीं
पैरों तले के ज़मीन
यह भी झूठ है
पैदा नहीं हुआ
विरोध का स्वर मेरे भीतर
यह भी ग़लत है
मगर
गुरुदक्षिणा तो देनी ही है मुझे

गुरुदक्षिणा मैं दूँगा
क्योंकि मुझे
रखनी है लाज
शिष्यत्व की
क्योंकि मैं नहीं चाहता
इससे चले परिपाटी

  महाभारत जारी है

गुरु की अवहेलना की

गुरुवर
आपका यह एकलव्य
नहीं चूकना चाहता
अपने दायित्व से
नहीं करना चाहता शुरुआत
एक बुरी परम्परा की
इसलिए
स्वीकार करें आप अँगूठा मेरा
मैं अर्पण कर रहा हूँ
न सिर्फ अँगूठा
अपितु अपना धनुर्कौशल
अपनी श्रेष्ठता
मैं रास्ता दे रहा हूँ
अर्जुन को
सर्वश्रेष्ठ धनुर्धारी होने का
मैं नींव का पत्थर बन रहा हूँ
जिस पर आप
उसार सकें महल
श्रेष्ठ गुरु होने का

स्वप्न था मेरा
श्रेष्ठ गुरु कहलाते आप
और मैं श्रेष्ठ धनुर्धारी
मैं चाहता था
बैठाना आपको उस सिंहासन पर
जिस पर आप बैठना चाहते हैं
अर्जुन के हाथों
क्यों छीन लिया आपने
यह अवसर मुझसे

क्यों विश्वास नहीं किया आपने
मेरी योग्यता पर
क्या डर रहा आपके मन में
मैं नहीं जानता

मुझे ईर्ष्या नहीं अर्जुन से
दुःख है अपने दुर्भाग्य का
गुरुकुल में शिक्षा न मिली
इसी दुर्भाग्य के कारण
इसी कारण
छिन गई मेरी वो योग्यता
जो हासिल की थी
आपका ध्यान करके

गुरुवर
क्यों दाखिला नहीं मिला
मुझे आपके गुरुकुल में
क्यों स्वीकार नहीं किया आपने
शिक्ष्यत्व मेरा
किस अधिकार से माँगी
गुरु दक्षिणा अब आपने
यह प्रश्न नहीं पूछूँगा मैं
इसका उत्तर आपको देना होगा
अपने ही अंतर्मन को
इस पूरे समाज को
क्योंकि शिक्षा देना
उत्तरदायित्व था आपका
जो निभा नहीं पाए आप

गुरुवर
मुझसे गुरुदक्षिणा लेकर

       महाभारत जारी है

पूरा हो गया होगा
आपका साध्य
मैं अब नहीं बन पाऊँगा
श्रेष्ठ धनुर्धारी
मगर आप अवश्य बनेंगे
श्रेष्ठ गुरु
अर्जुन के माध्यम से
मेरा कृत्य पूर्ण होगा
अर्जुन के हाथों।

पलायन

माना कि
बाँध दिया था
गांधारी को
उसकी इच्छा के विरुद्ध
अंधे वर के साथ
माना कि
वह विरोध नहीं कर पाई
शिष्टता की ज़ंजीरों के कारण
लेकिन
आँख पर पट्टी बाँध लेना
पलायन था
साम्राज्ञी का

सिंहासन पर
बराबर बैठना था उसे
अंधे सम्राट के साथ
बन सकती थी वह
सम्राट की आँखें
दिशा दे सकती थी
इतिहास को
लेकिन
वह उबर न पाई
अपने ही दुःख से
उम्र भर

कभी इतिहास नहीं बना सकते
अपनी पीड़ाओं के साथ जीने वाले
वह तो सिर्फ़ बहते हैं

समय के बहाव के साथ
गांधारी भी वह गई
मात्र हिस्सा बनकर रह गई
महाभारत का।

गांधारी-सा दर्शन

देखना
खुद से होता है
सुना
दूसरों को जाता है

दूसरे क्या सुनाते हैं आपको
क्या सुनने को
करते हैं विवश
यह हाथ में नहीं आपके

बहुत से शकुनि
बहुत से दुर्योधन
बहुत से धृतराष्ट्र
अक्सर इतना शोर मचाते हैं
कि दब जाती है आवाज़
न सिर्फ़
भीष्मों की
विदुरों की
पांडवों की
अपितु
कृष्ण तक की

कानून की देवी भी
चूक जाती है न्याय से
धोखा खा जाती है
दलीलों से
दरअसल

गांधारी-सा दर्शन है उसका
बाँध रखी है उसने भी
आँख पर पट्टी
देखने से परहेज़ है उसे
वह सिर्फ़ सुनती है
उसे यक़ीन है
कानों सुने उस सच पर
जो सदैव कमतर होता है
आँखों देखे सच से।

चीरहरण

कुछ-न-कुछ तर्क तो
रहते ही हैं
सबके पास
अपनी बात को
सत्य सिद्ध करने के लिए

ये तर्क
अवश्य रहे होंगे
सिंहासन के प्रति निष्ठावान
भीष्म पितामह के पास
ये तर्क
अवश्य रहे होंगे
कुलगुरु कृपाचार्य के पास
ये तर्क
अवश्य रहे होंगे
कौरवों-पांडवों के गुरु
और माननीय सभासद
द्रोणाचार्य के पास
ये तर्क
अवश्य रहे होंगे
महान नीतिविद
विदुर के पास
तभी तो
वे सभी
न सिर्फ़ ख़ामोश रहे
द्रोपदी चीरहरण पर
अपितु

 महाभारत जारी है

इसके बाद भी
चिपके रहे अपने-अपने पदों से

इन तर्कों के कवच
मौजूद हैं आज भी
हम सबके पास
तभी तो
मुट्ठी भर दुःशासन
चंद दुर्योधनों के कहने पर
आज भी सफल हो रहे हैं
द्रोपदी चीरहरण करने को
बहुत सारे
भीष्म पितामहों
द्रोणाचार्यों
कृपाचार्यों
और
विदुरों के रहते हुए।

दोषी

माना कि तुम
उस दुर्योधन से नहीं हो
जिसने छीन लिया था
भाइयों का राज-पाट

माना कि तुम
उस दुःशासन से नहीं हो
जिसने भरी सभा में
निर्वस्त्र करना चाहा था
कुलवधू को

माना कि तुम
उस कर्ण से नहीं हो
जो अहसानों के बोझ तले दबा
अंध समर्थन करता रहा
अन्याय और कपट का

माना कि तुम
उस शकुनि से नहीं हो
जो उत्तरदायी था
लाक्षागृह और द्यूत जैसी
कपटी योजनाओं का

माना कि तुम
उस धृतराष्ट्र से नहीं हो
जो अंधा हो गया था
पुत्र प्रेम में

      महाभारत जारी है

इतना होने पर भी
यह न कहो
कि दोषी नहीं हो तुम
बुरे हालातों के लिए
क्योंकि तुम
चुप बैठे हो
भीष्म, द्रोणाचार्य, कृपाचार्य की तरह
क्योंकि तुम
प्रतिज्ञा नहीं ले रहे
भीम की तरह
क्योंकि तुम
प्रेरित नहीं कर रहे
अर्जुन को
गांडीव उठाने के लिए
कृष्ण की तरह

यही दोष है तुम्हारा
इसीलिए तुम
उत्तरदायी हो सबसे ज्यादा
इन बुरे हालातों के लिए।

अर्जुनों की मौत

कोई भी द्रोणाचार्य
किसी को
अर्जुन नहीं बना सकता
हाँ
कोई अर्जुन
किसी द्रोणाचार्य को
अमर ज़रूर कर सकता है

यह प्रश्नचिह्न नहीं
किसी द्रोणाचार्य की योग्यता पर
किसी द्रोणाचार्य के ज्ञान पर
यह तो वास्तविकता है
दरअसल
ज्ञान देने की चीज़ नहीं
ज्ञान लेने की चीज़ है
अर्जुन बनाया नहीं जाता
अर्जुन बना जाता है
अगर बनाया जा सकता अर्जुन
तो भीड़ होती अर्जुनों की
आख़िर कौरव भी
सहपाठी थे अर्जुन के

अर्जुन बनने के लिए
ज़रूरी होता है
अर्जुन का एकलव्य होना
हर अर्जुन में
एकलव्य होता है

हर एकलव्य
अर्जुन बन सकता है
यह निर्भर करता है द्रोणाचार्य पर
वो एकलव्य को
अर्जुन बनने देता है
या फिर अर्जुन को
बना देता है एकलव्य

आज कमी नहीं द्रोणाचार्यों की
हाँ, एकलव्य अब नहीं मिलते
आज अँगूठा नहीं कटवाते शिष्य
आँख दिखाते हैं
एकलव्यों का मर जाना
अर्जुनों का मर जाना है।

महाभारत जारी है

छीनकर
अपनी ही सन्तान के हक़
अपने सुखों में लीन हैं
आज भी कई पिता
शांतनु की तरह

तलवार की नोक पर
आज भी ताकतवर पुरुष
भीष्म की तरह
अपहरण कर रहे हैं
अम्बा, अम्बिका, अम्बालिका का

पुत्र के मोह में उलझ
बहुत से पिता
आज भी तिलांजली दे रहे हैं
सब नियमों को
अंधे धृतराष्ट्र की तरह

चाल को समझने के बावजूद
नहीं न कह पाने की झिझक
युधिष्ठिर की तरह
आज भी जकड़े हुए है
कई ज्ञानियों और विद्वजनों को

दूसरों को ढाल बनाकर
निजी बदला लेने में
निजी स्वार्थ सिद्धि में

लीन हैं लोग आज भी
शकुनि की तरह

औचित्य-अनौचित्य की
परवाह किए बगैर
कर्ण की तरह आज भी
जारी है अंध समर्थन
दोस्त का, दोस्ती का

भाई का हक़ छीनने
भाइयों के ख़िलाफ़
षड्यंत्र रचने के कुकृत्य
आज भी जारी हैं
दुर्योधन की तरह

आज भी छूटी नहीं
मर्म पर प्रहार करने की आदत
द्रौपदी की तरह
भले ही उसकी उक्ति सिद्ध हो
आग में घी की तरह

अबला नारी के
पाक आँचल तक
पहुँच रहे हैं
आज भी कई हाथ
दुःशासन की तरह

हालात बदलने में सामर्थ्यवान
बहुत से लोग आज भी
भीष्म, द्रोण, कृपाचार्य की तरह
चुप्पी साधे हुए हैं

खोखली निष्ठा और प्रतिज्ञा की ख़ातिर

बेकसूर सेनाएँ
सत्ता लोलुप राजाओं के लिए
आज भी युद्ध के मैदान में
खड़ी हैं आमने-सामने
कुरुक्षेत्र की तरह

फिर कैसे कहूँ
महाभारत सिर्फ़ एक घटना है
द्वापुर युग की
महाभारत तो जारी है आज भी
पहले से कहीं विकराल रूप में।

www.ingramcontent.com/pod-product-compliance
Lightning Source LLC
LaVergne TN
LVHW091549170726
843492LV00007B/2115